BAY UZUN

Roger Hargreaves

MR. MEN • LITTLE MISS

MR. MEN™ LITTLE MISS™
MR. MEN™ LITTLE MISS™ ©2021 THOIP (a SANRIO Company).
All rights reserved.

MR. TALL © 1978 THOIP (a SANRIO company). All rights reserved.
BAY UZUN © 2021 THOIP (a SANRIO company).

Tüm hakları saklıdır. Bu kitabın hiçbir bölümü, yayıncının yazılı izni alınmaksızın herhangi bir elektronik ya da mekanik yöntem kullanılarak kopyalanamaz veya yayınlanamaz.

Türkiye yayın hakları: Doğan ve Egmont Yayıncılık ve Yapımcılık Tic. A.Ş.
19 Mayıs Cad. Golden Plaza No:1 Kat:10 Şişli 34360 İstanbul
Tel: (0212) 373 77 00
www.de.com.tr

4. Baskı - İstanbul, 2021
ISBN: 978-605-09-7807-0
Sertifika no: 11940
Çeviri: Canan Bolel
Yayına hazırlayan: İlke Afacan
Grafik uygulama: E. Bahar Düzen

Basım yeri: Yıkılmazlar Basın Yayın Prom. ve Kâğıt San. Tic. Ltd. Şti.
Adres: 15 Temmuz Mah. Gülbahar Cad. No: 62/C Güneşli-Bağcılar /İSTANBUL
Tel: (0212) 515 49 47 **Sertifika no:** 45464

Doğan Egmont
Okumak gelecektir.
www.de.com.tr

Bay Uzun çok ama çok uzun biri.

Hatta hayatın boyunca görüp görebileceğin en uzun kişi.

Daha doğrusu, hayatın boyunca "göremeyeceğin" en uzun kişi! Bacakları bu kadar uzun başka birini asla göremezsin çünkü.

O kadar uzun ki!

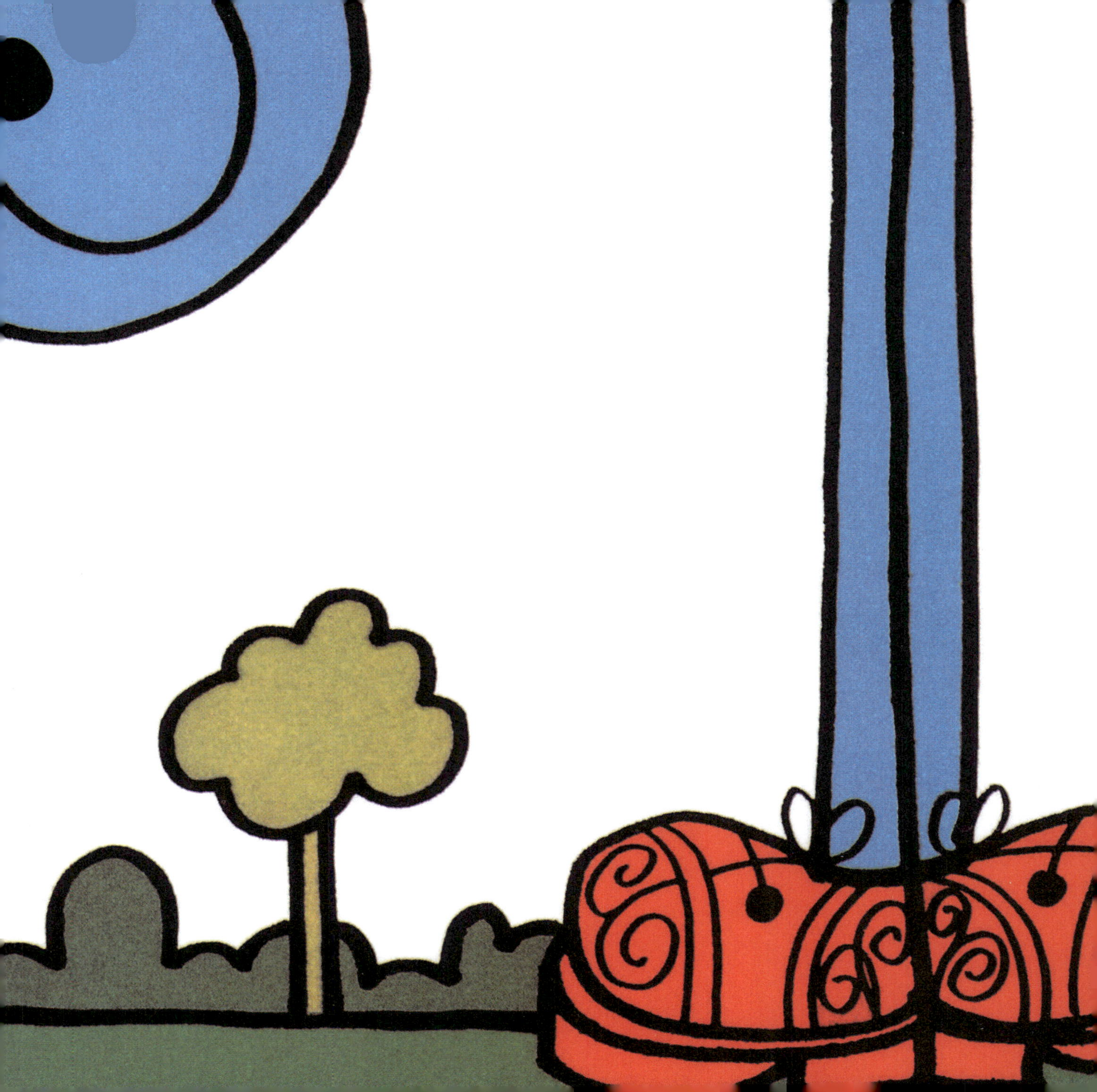

Bay Uzun kadar uzun olmak hiç de kolay değildir, pek çok sıkıntısı var.

Bay Uzun'un dertleri boyunu aşar!

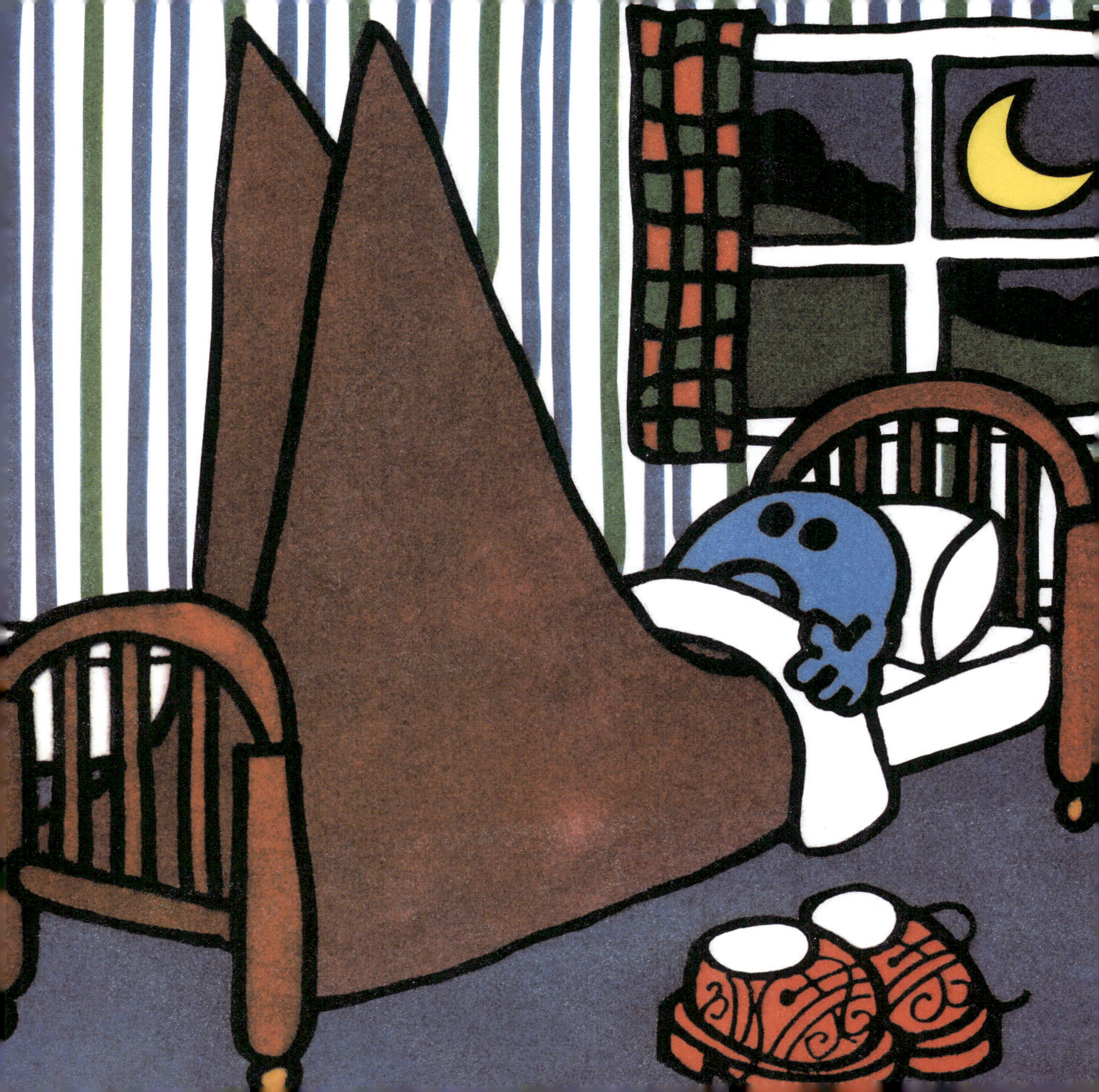

Bay Uzun hep sızlanır, "Vah bana!"
diye iç çekerdi.

"Keşke bacaklarım
bu kadar uzun olmasa!" derdi.

Günün birinde yürüyüşe çıkıp
bir çare bulmaya karar verdi.

Bir ağacın üzerinden atlıyordu ki bir ses işitti.

Belli belirsiz bir sesti.

"Merhaba!"

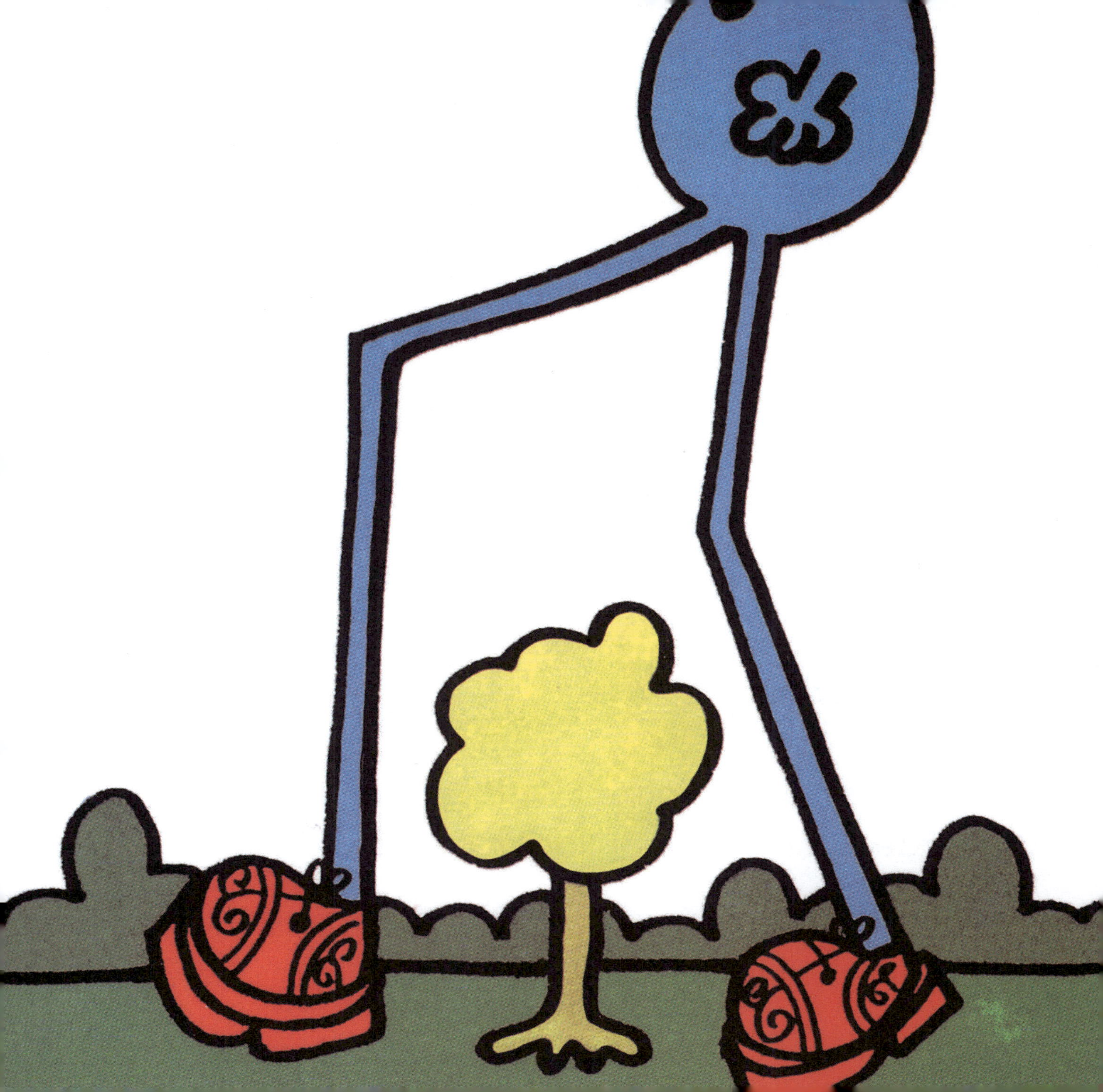

Bir papatyanın altından
Bay Küçük sesleniyordu.

Ama Bay Uzun o kadar uzundu ki
onu göremiyordu.

Bunun üzerine Bay Küçük
avazı çıktığı kadar bağırdı.

"Merhaba!"

Yine de Bay Küçük'ün sesi
sadece arı hapşırığı kadar çıkmıştı.

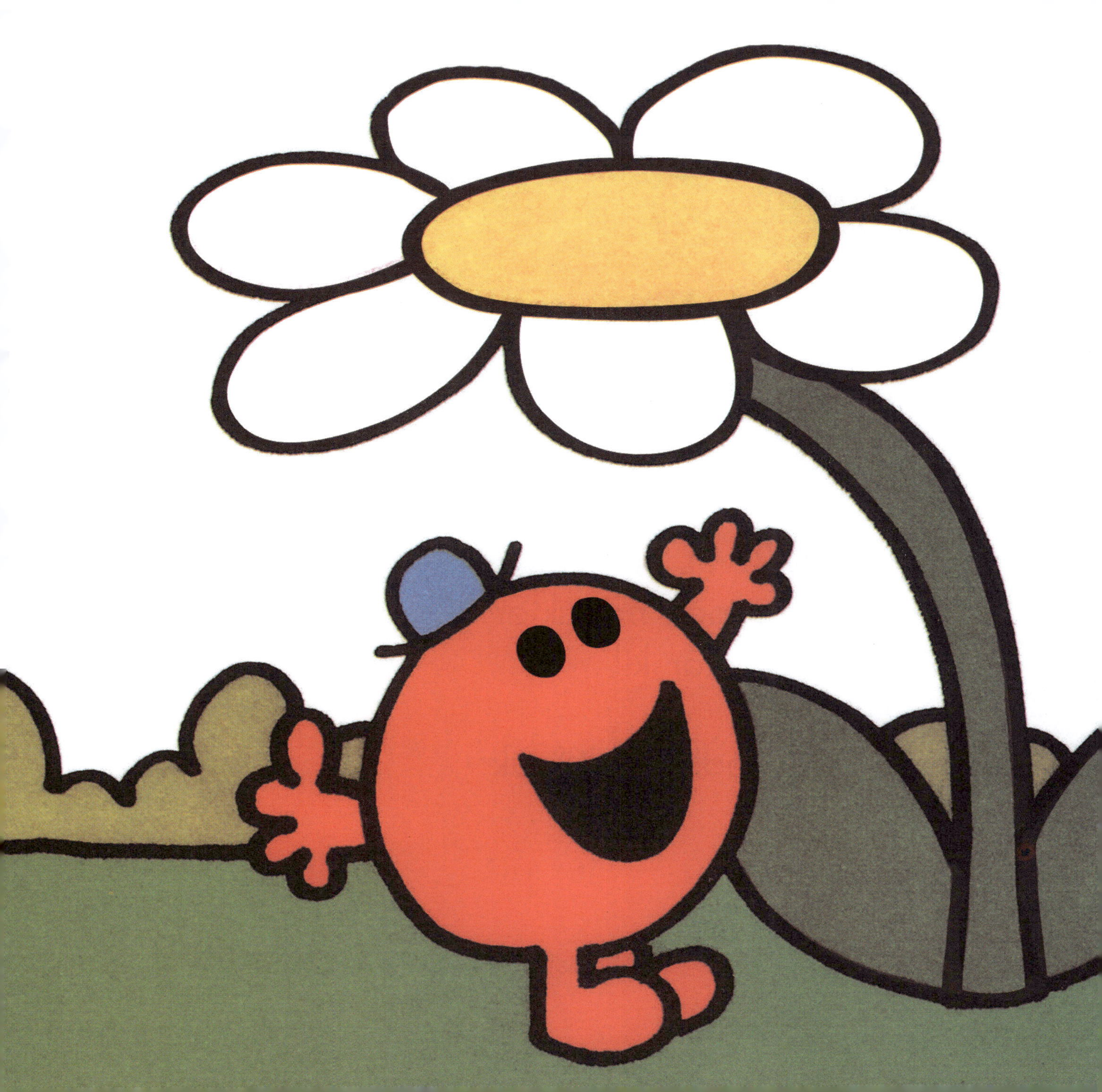

Sonunda Bay Uzun onu gördü.

"Ah, sen miydin," dedi, sesi üzgündü.

"Mutsuz görünüyorsun," dedi Bay Küçük.
"Neyin var?"

Bay Uzun, "Evet, mutsuzum," diye yanıt verdi.
"Bu saçma sapan bacaklar yüzünden!
O kadar uzunlar ki!"

"Vah vah," dedi Bay Küçük.

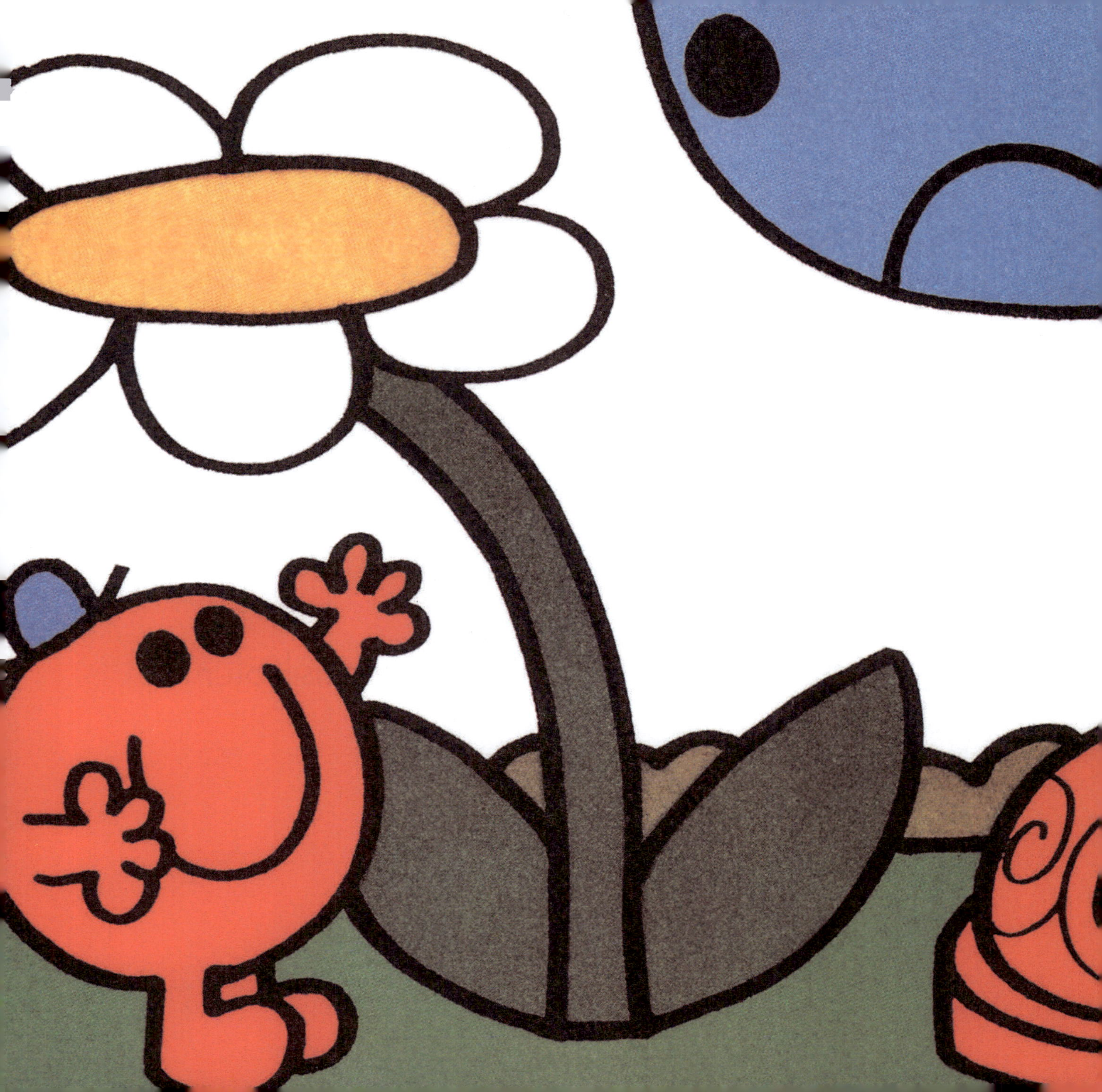

Bay Küçük, arkadaşını neşelendirmek istiyordu.

"Haydi beraber yürüyüşe çıkalım," diye önerdi.

Ama bu fikir pek işe yaramadı.

Bir zürafayla fare yürüyüşe çıksa nasıl olur? İşte, tam da öyle olmuştu!

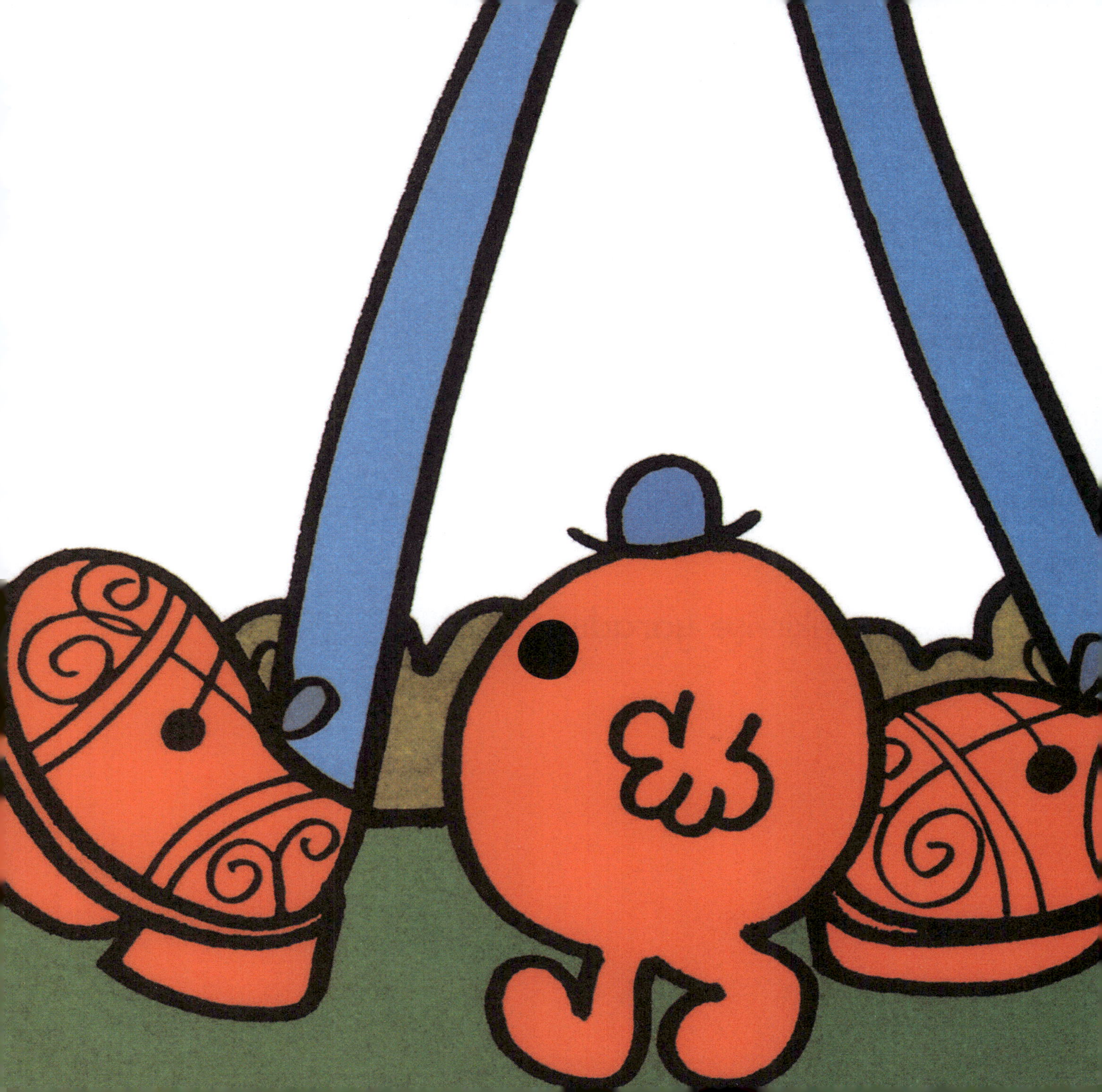

Sonra Bay Küçük'ün aklına başka bir fikir geldi.

Ve bu fikir işe yaradı!

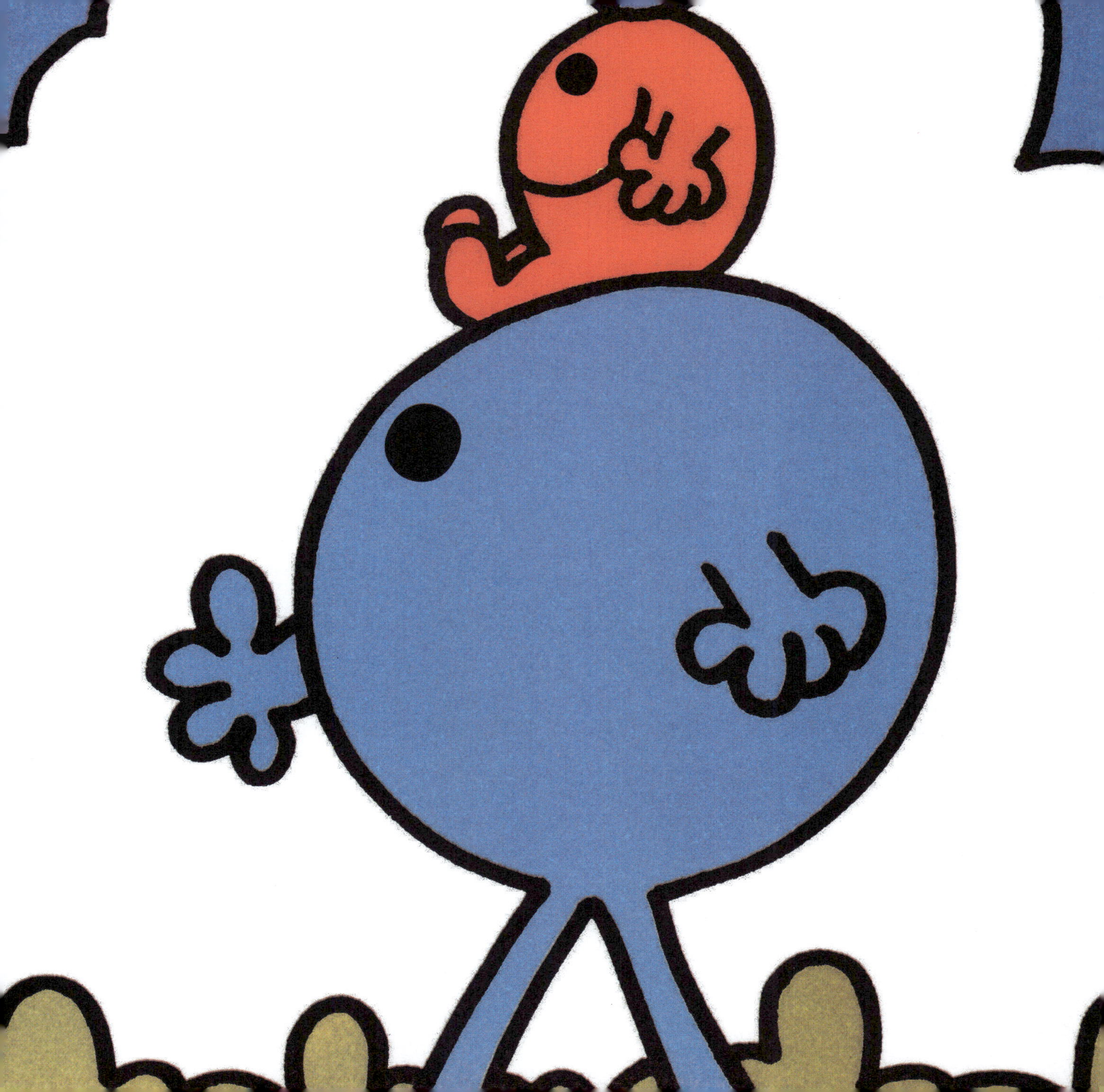

Bay Uzun, upuzun bacaklarıyla kocaman adımlar attı, böylece kısa sürede deniz kenarına ulaştılar.

Bay Küçük, "Hadi yüzelim!" diye seslendi.

Bay Uzun, "Ben burada yüzemem ki," diye yanıt verdi. "Burası çok sığ. Okyanusların en derinlerinde yüzebilirim ancak."

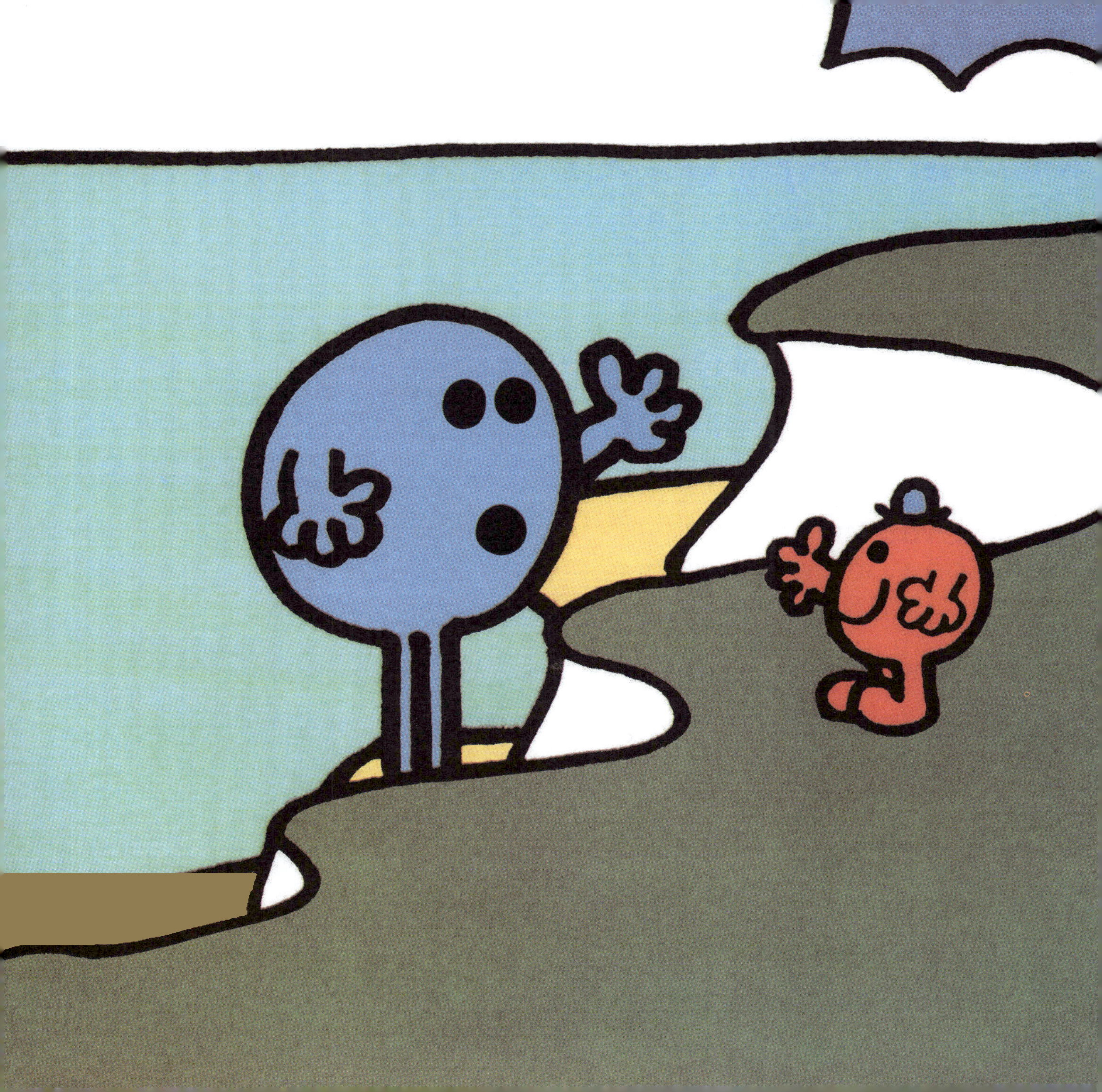

Bunun üzerine Bay Küçük
tek başına yüzmeye gitti.

Bay Uzun ise sahil kenarına oturup
onu bekledi.

Suratı öyle asılmıştı ki
dudakları âdeta yere kadar sarkmıştı.

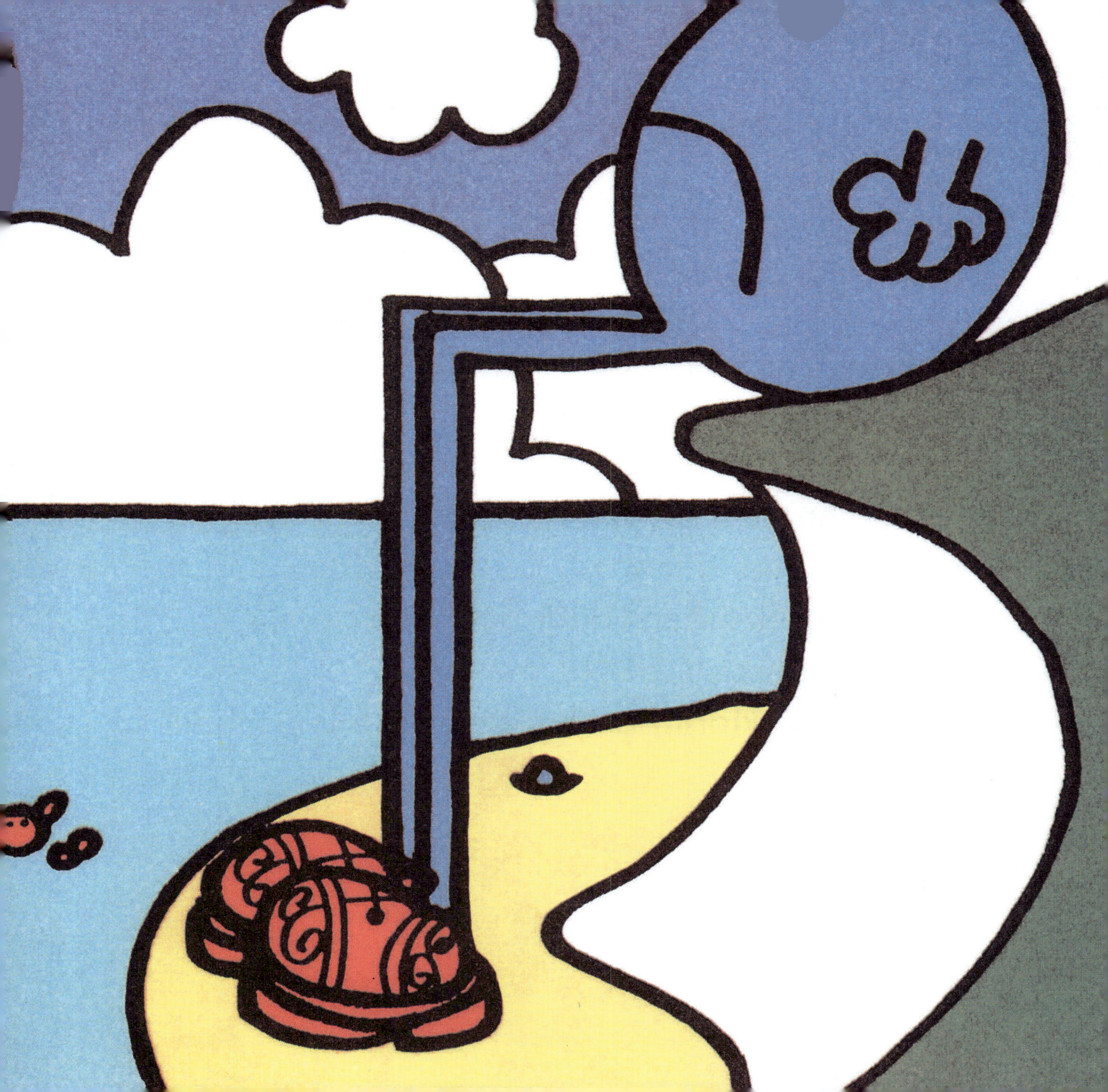

Derken Bay Gıdık çıkageldi.

"Merhaba," dedi. "Biraz neşelensen iyi olur sanki. Gıdıklanmak ister misin?"

"Hayır, teşekkürler," dedi Bay Uzun.
"Asıl ne isterdim, biliyor musun?
Keşke bacaklarım bu kadar uzun olmasaydı!"

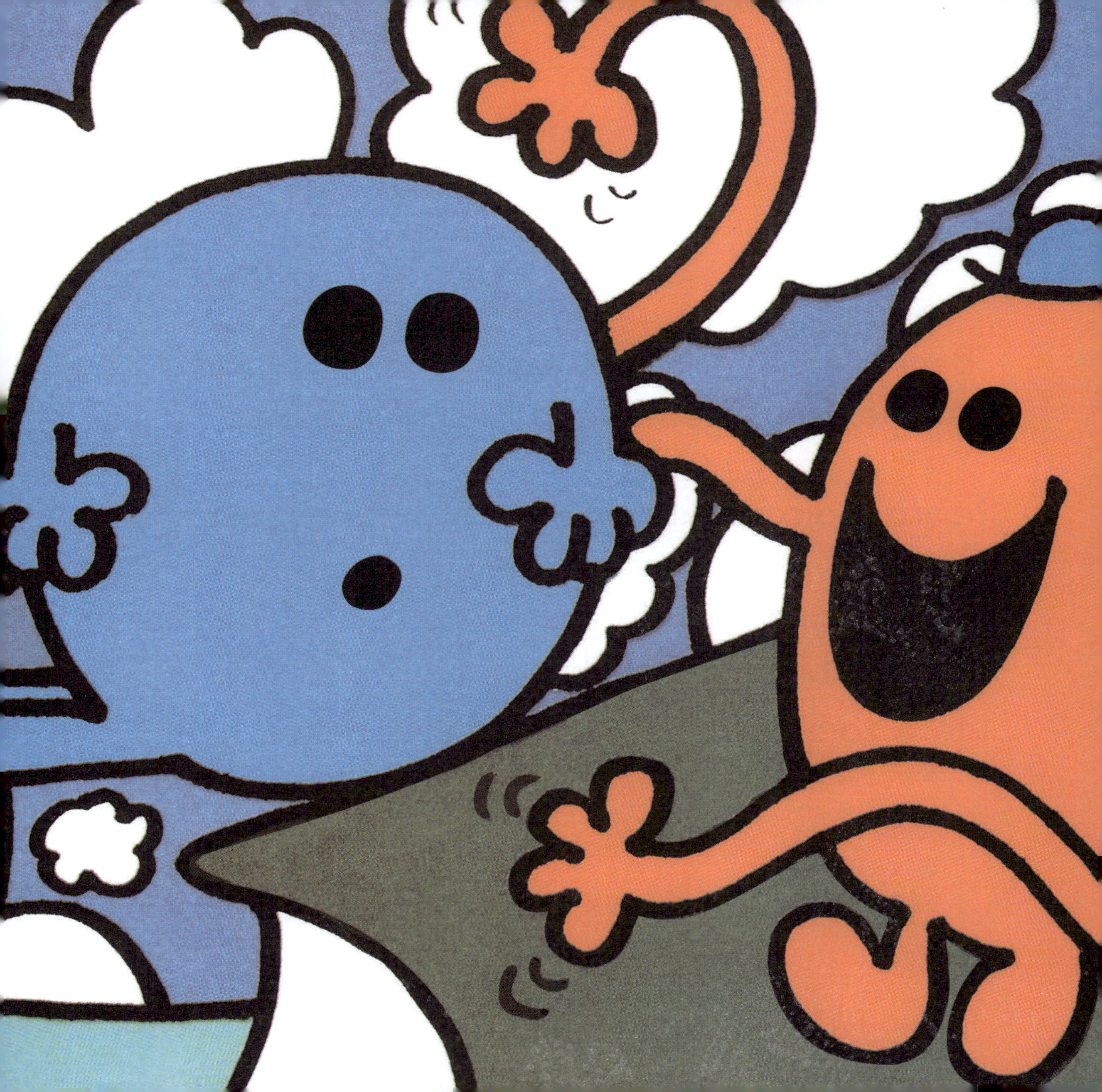

"Benim de kollarım çok uzun," dedi Bay Gıdık neşeyle. "Bu sayede daha iyi gıdıklıyorum!"

Sonra gidip, gıdıklayacak birini aramaya koyuldu.

Herkesi ama herkesi gıdıklayabilseydi keşke!
İşte o zaman tüm dilekleri kabul olurdu.

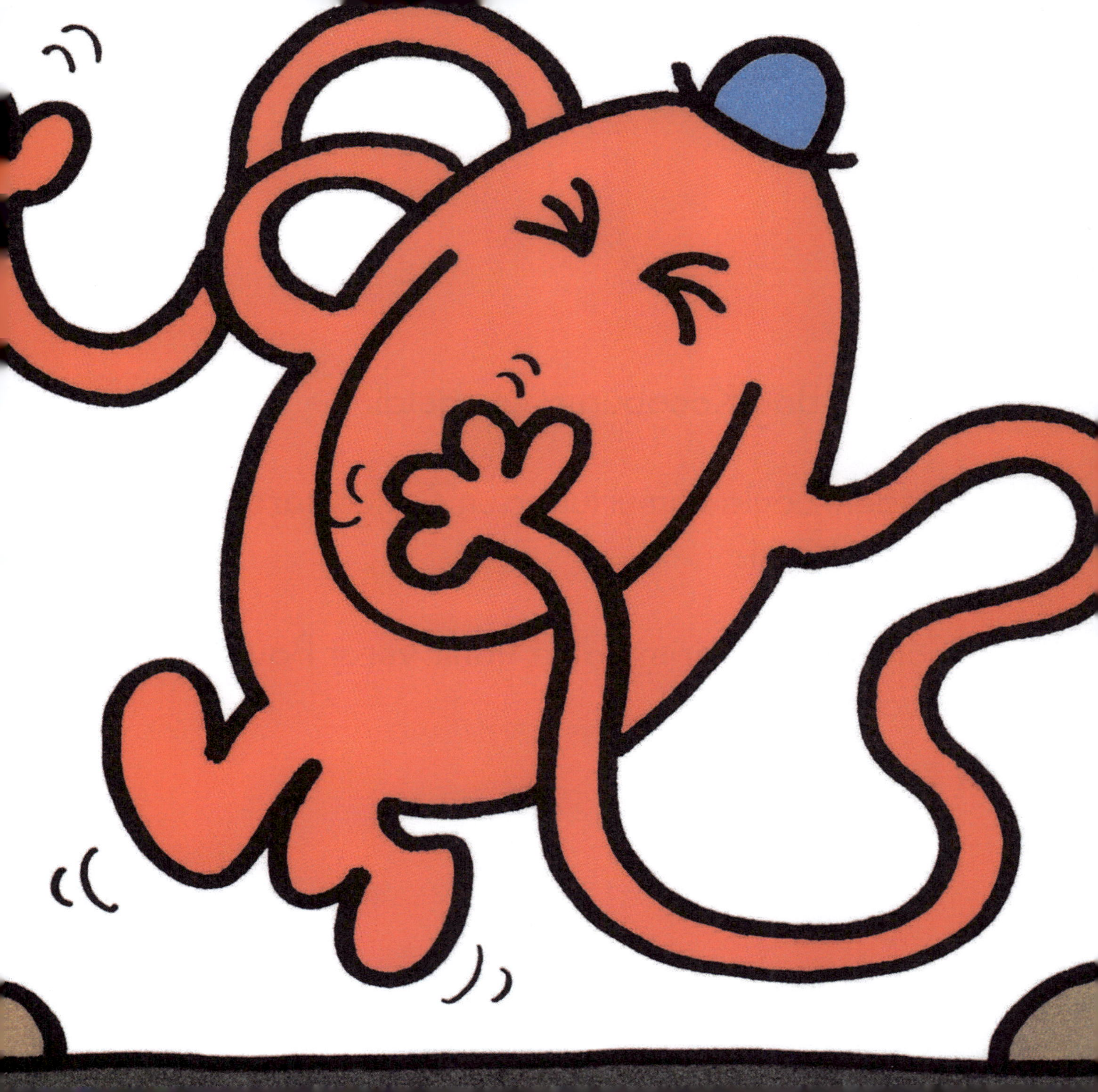

Derken Bay Kocaburun çıkageldi.

"Neden böyle somurtuyorsun?" diye sordu.
"Sorun ne ki?"

"Sorun bacaklarım," diye yanıt verdi Bay Uzun.
"Kocamanlar!"

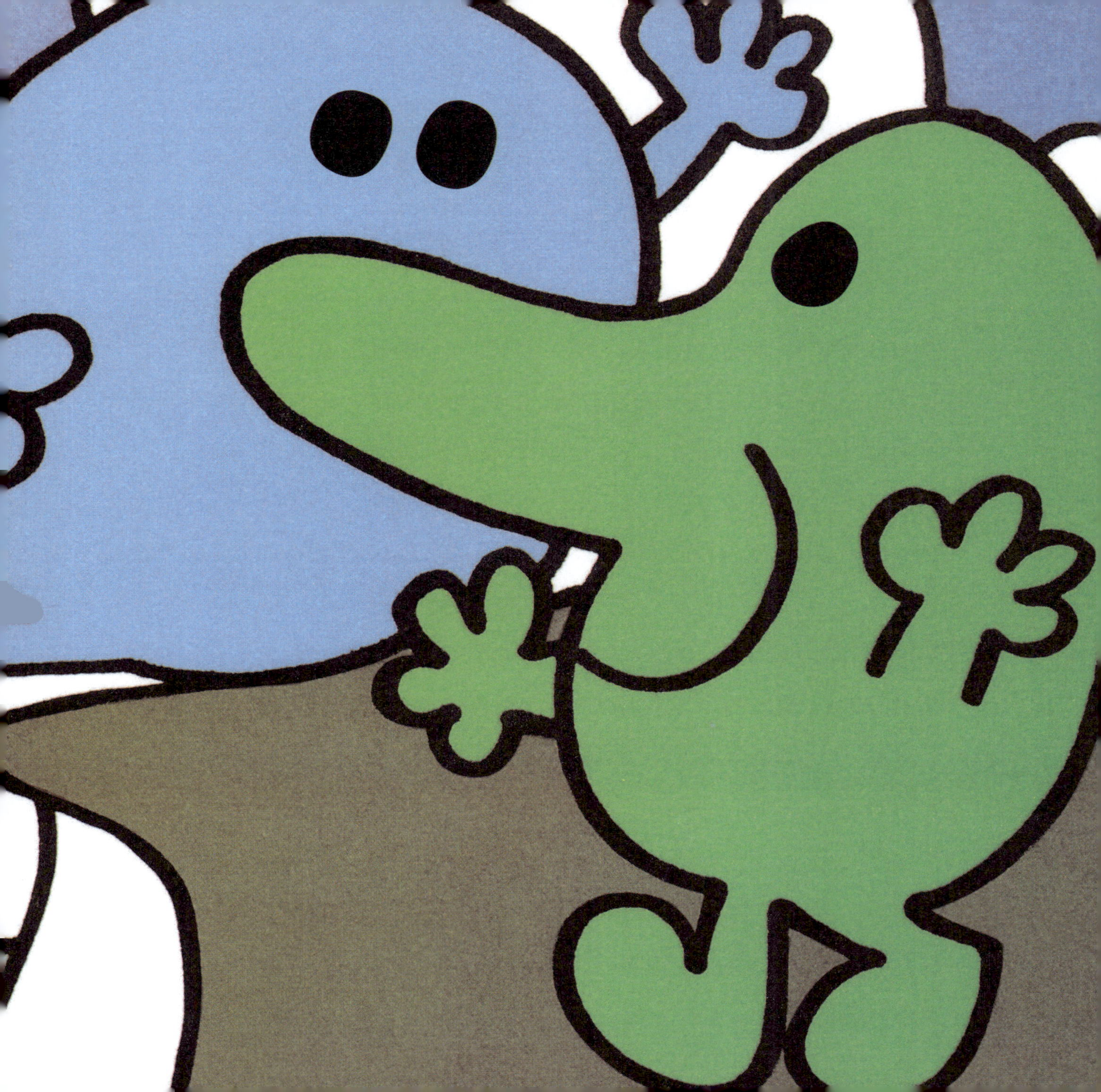

"Benim de burnum kocaman," dedi Bay Kocaburun. "Bu sayede başkasının işine burnumu daha iyi sokuyorum, merakımı gideriyorum!"

Sonra gidip, merakla etrafı incelemeye koyuldu.

Herkesin ama herkesin işine
burnunu sokup karışabilseydi keşke!
İşte o zaman tüm dilekleri kabul olurdu.

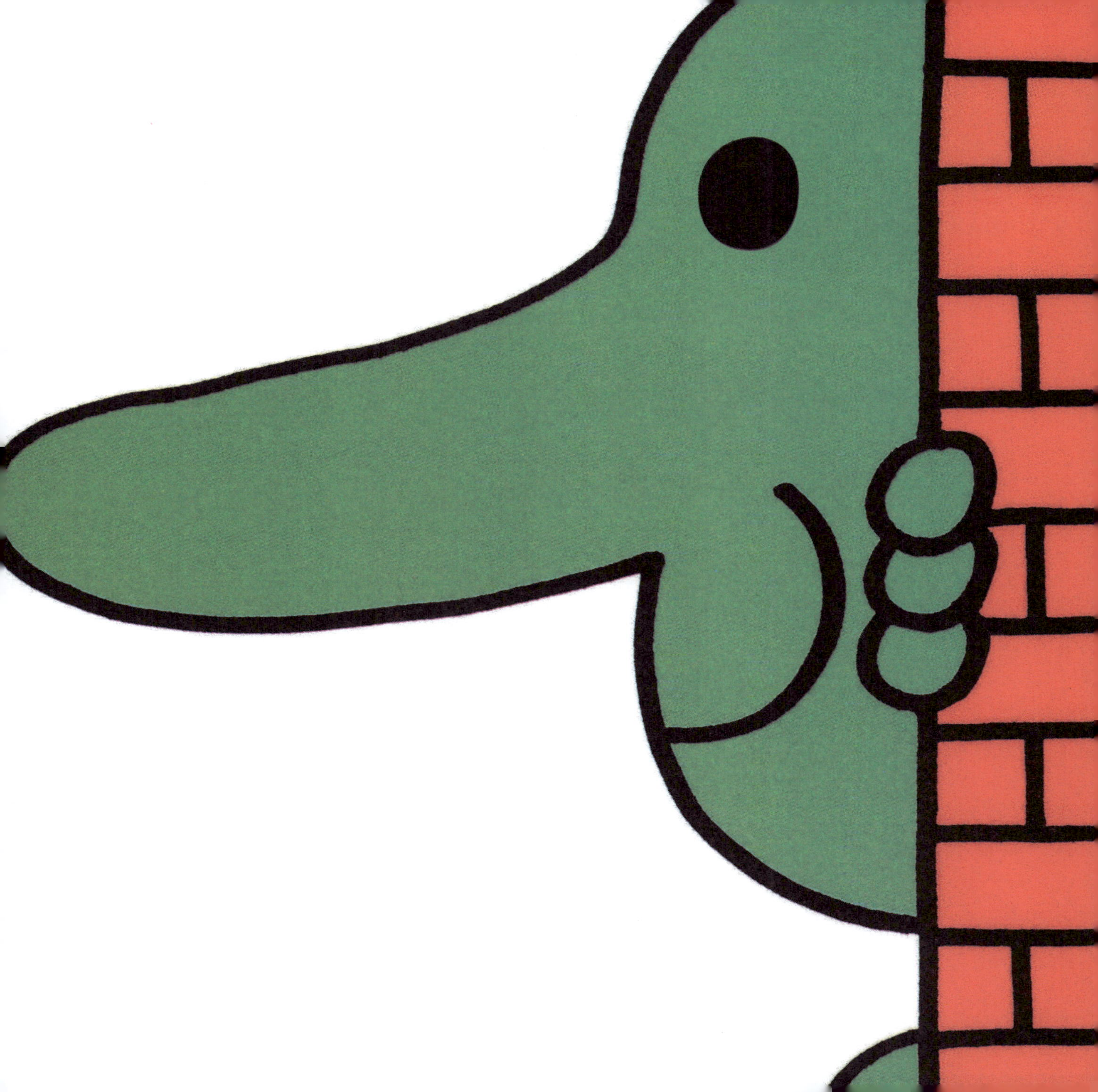

Derken Bay Pisboğaz çıkageldi.

"Merhaba," diye seslendi.
"Kederli görünüyorsun! Neyin var?"

"Bacaklarım," diye açıkladı Bay Uzun.
"Çok büyükler!"

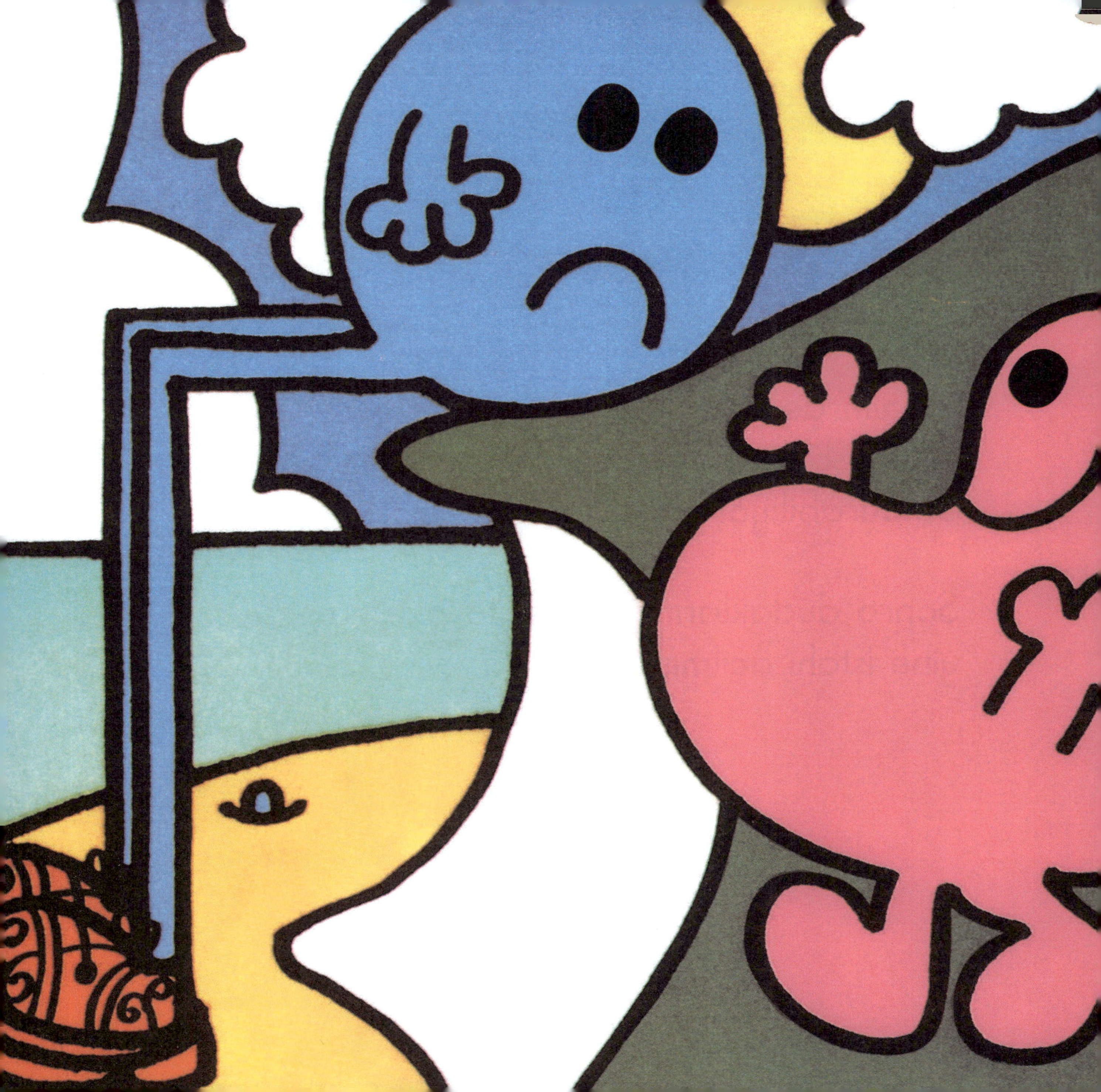

"Benim de karnım çok büyük," dedi Bay Pisboğaz. "Bu sayede içini tıka basa doldurabiliyorum!"

Sonra dudaklarını şapırdatarak uzaklaştı, yine iştahı açılmıştı.

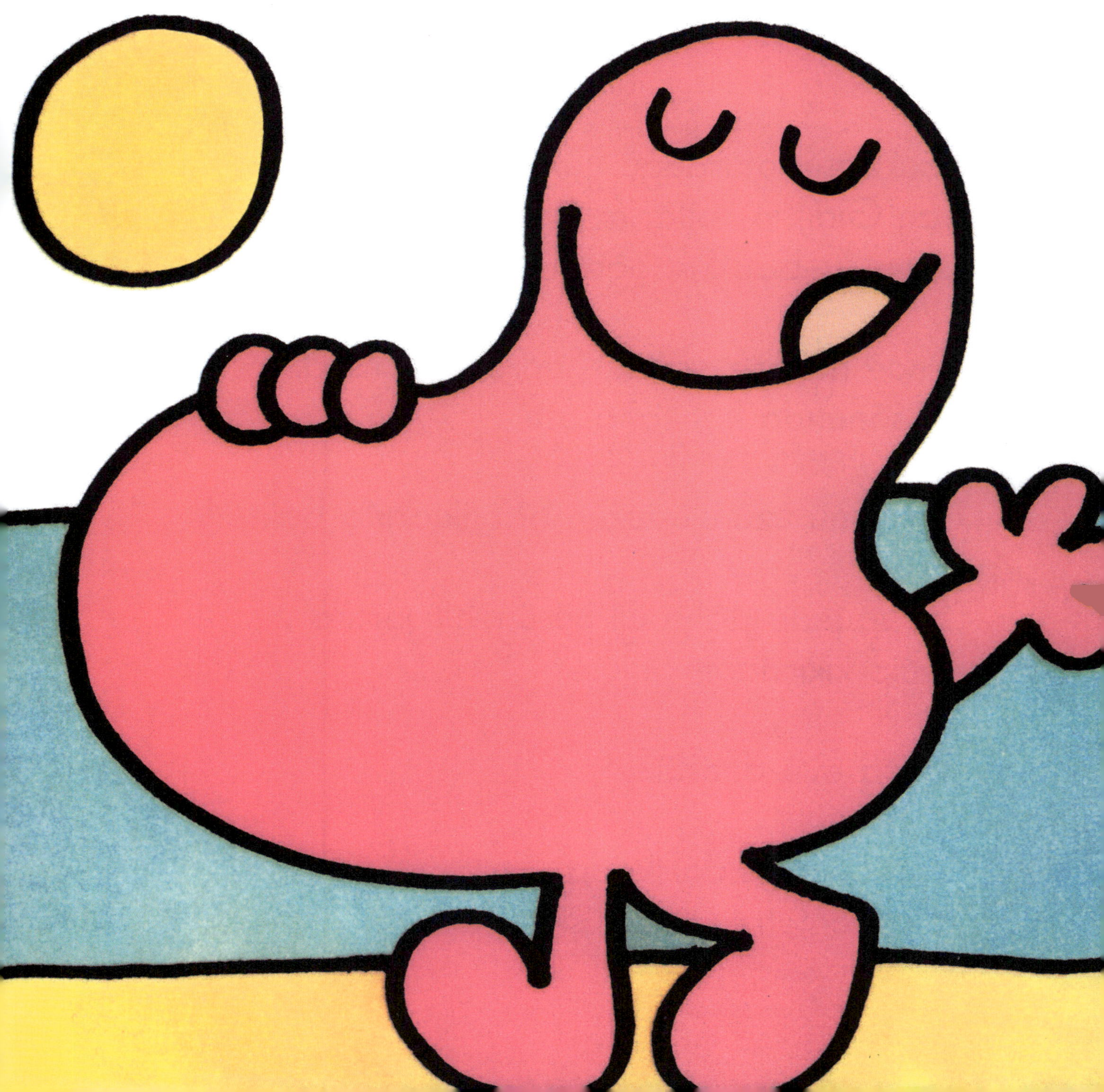

Bay Uzun oturduğu yerde düşüncelere daldı:
Bay Gıdık'ın kollarını, Bay Kocaburun'un
burnunu, Bay Pisboğaz'ın karnını düşündü.

Önce hafifçe sırıttı... Sonra gülümsedi...
En sonunda kahkaha attı.

Uzun mu uzun, upuzun bacaklarına baktı.

"Bu sayede daha iyi yürüyebiliyorum,"
deyip kıkırdadı.

Sonra eve döndü.

Sadece dört dakikada
kırk kilometre yürümüştü!

Bu sırada Bay Küçük denizden çıktı.

"İyi ama ben eve nasıl döneceğim?" dedi kendi kendine.

Sonra başladı yürümeye.

Ta eve kadar kırk kilometre yürüdü!

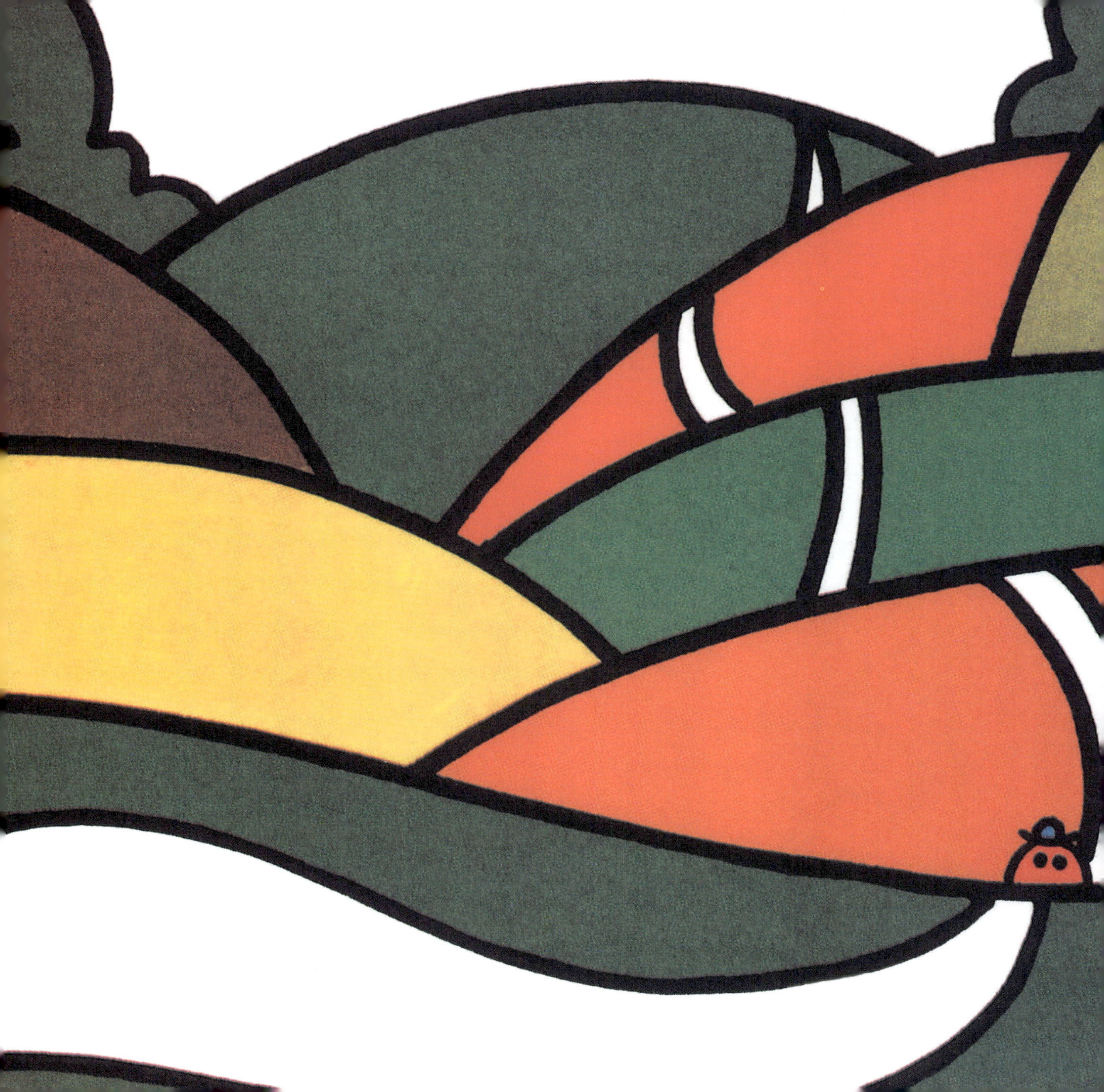

Eve varması bir yıl sürdü!